25 février 1873

Exemplaire de Barre

CATALOGUE

D'UNE JOLIE RÉUNION

DE DESSINS

ET

TABLEAUX

PRINCIPALEMENT

DE L'ÉCOLE FRANÇAISE

COMPOSANT LE CABINET DE M. DEL.....

DONT LA VENTE AURA LIEU

HOTEL DROUOT, SALLE N° 4

Le Mardi 25 Février 1873

PAR LE MINISTÈRE DE M° CHARLES OUDART, COMMISSAIRE-PRISEUR

31, rue le Peletier

ASSISTÉ DE M. ÉMILE BARRE, EXPERT

20, Chaussée d'Antin

EXPOSITION PUBLIQUE

LE LUNDI 24 FÉVRIER 1873

CONDITIONS DE LA VENTE

Elle sera faite au comptant.

Les acquéreurs payeront *cinq centimes par franc,* en sus des enchères, applicables aux frais.

L'Exposition mettant les Adjudicataires à même de se rendre compte de l'état et de la nature des objets, il ne sera admis aucune réclamation une fois l'adjudication prononcée.

DÉSIGNATION

1. — COCHIN............ Portrait d'homme en costume Louis XVI; *des-
sin à la sanguine*.

2. — ÉCOLE FRANÇAISE. Jeune femme en costume
.Louis XVI; *dessin aux
crayons de couleur*.

3. — GERMAIN *(signé 1774)*. Intérieur de l'atelier de
l'artiste.

4. — FRAGONARD *(signé)*. Deux sujets allégoriques:
*dessin à la plume et au
bistre*.

5. — JHOUEI............ Deux petits paysages avec
monuments en ruine.

6. — GARAUD *(signé)*..... Portrait de M. de Buffon.

7. — GARAUD .... Le pendant.

8. — DUCLOS (*signé 1772*). Les Adieux.

9. — DUCLOS........... L'Aveu.

10. — EISEN............. Jeux d'enfants.

11. — DUPLESSIS-BERTAUX. Portrait de Callot.

12. — HUET (*d'après*)...... Deux gravures en couleur : sujets pastoraux.

13. — ISABEY (E.)........ Deux eaux-fortes.

14. — GOYEN (VAN, *signé 1651*). La Plage de Scheveningue.

15. — GOYEN (VAN)....... Le pendant.

16. — DURER (ALBERT).... Saint Jérôme.

17. — STRY (VAN)........ Animaux au pâturage.

18. — HUBERT-ROBERT.. Extérieur de palais ; gravure en couleur.

19. — SCHUTZ........... Vue des bords du Rhin ; *aquarelle*.

20. — REMBRANDT .... Saint Jérôme; *dessin à la plume.*

21. — ÉCOLE GOTHIQUE. Deux miniatures sur vé-lin.

22. — TIÉPOLO (*signé*) .... Centaures et Faunesses.

23. — TIÉPOLO .... Le pendant.

24. — RIDDERBOSCH (*signé*). Sujet pastoral; *dessin à la plume.*

25. — HUBERT-ROBERT .. Terrasse d'un palais; *dessin à la plume.*

26. — PRUD'HON .... L'École d'Athènes.

27. — PRUD'HON .... Bacchanale d'Amours.

28. — PILLEMENT (*signé*). La Cascade; *gouache.*

29. — PILLEMENT .... Le Départ pour le mar-ché; *gouache.*

30. — PILLEMENT .... Intérieur de ferme.

31. — LE BARBIER .... La Fête de la fédération.

32. — LE BARBIER .... La Fête de l'agriculture.

33. — BOUCHER............ Naïade sur un dauphin ; *pastel.*

34. — BOUCHER.......... Le pendant; *pastel.*

35. — BOUCHER.......... Jeune femme assise; *dessin à la sanguine.*

36. — ÉCOLE GOTHIQUE. Bethsabée au bain.

37. — ÉCOLE FRANÇAISE. La Toilette du matin ; *gouache.*

38. — HUET............. Deux dessins en couleur.

39. — LONLAY (DE)....... Bataille de Gravelotte.

40. — LONLAY (DE)....... Combat de Ladonchamps.

41. — GORP (VAN)........ Aquarelle.

42. — ÉCOLE FRANÇAISE ANCIENNE. Miniature sur vélin, représentant l'éducation de la Vierge, avec portrait d'une reine de France en prière.

43. — FIQUET........... Portraits de La Fontaine, Rousseau et Voltaire : *gravures.*

44. — BOUCHER........:... Portrait de jeune femme.

45. — NATTIER.......... Portrait de jeune femme.

46. — MOREAU.......... Environs de Paris; *goua-che.*

47. — P. L. (*signé*)........ Combat de cavaliers et de fantassins ; *dessin à l'encre de Chine.*

48. — ÉCOLE FRANÇAISE. Portrait d'un seigneur dans son cabinet: *pastel.*

49. — BENAZECH.,....... Le Prix de l'agriculture.

50. — BENAZECH........ Le Couronnement de la rosière.

51. — CRAPELET........ Vue de Palerme.

52. — BOUCHER (F....... Tête de jeune homme: *dessin rehaussé.*

53. — VIGÉE-LEBRUN.... Portrait de jeune femme en costume Louis XVI.

54. — MEUNIER (*signé*).... Ancienne vue du Théâtre-Français.

55. — WILLE (P.-A., *signé 1769*). La Réconciliation ; *encre de Chine.*

56. — GREUZE .... Dessin à la plume avec cadre sculpté.

57. — GREUZE.......... Dessin au crayon, cadre doré.

58. — BREYDEL .... Bataille ; *encre de Chine.*

59. — P. (*1830*) .... Les Adieux ; *miniature sur porcelaine.*

60. — Quatorze miniatures sur vélin, du XVIe siècle.

TABLEAUX

61. — SCHEFFER (A. ..... La Veuve du marin.

62. — SWEBACH.......... Combat de cavalerie.

63. — PORBUS .... Portrait de seigneur en costume de l'époque.

64. — LEMOINE........... Sujet mythologique.

65. — HUBERT-ROBERT.. Paysage avec ruines et figures.

66. — HUBERT-ROBERT.. Le pendant.

67. — OSTADE .... Tête de paysan.

68. — ORLEY (Van)....... Tête de vierge.

69. — BREUGHEL......... Effet d'hiver.

70. — BREUGHEL......... Le pendant.

84. — WATTEAU .... Marche d'armée.

85. — ÉCOLE FRANÇAISE. Portrait d'homme en costume Louis XIV.

86. — EYCK (Van) .... La Sainte Famille.

87. — SARRASIN (Pierre).. Paysans jouant aux cartes.

88. — SARRASIN (Pierre).. Le pendant.

89. — PORBUS .... Portrait d'homme en costume noir et collerette
blanche.

90. — JANET-CLOUET.... Portrait de seigneur.

91. — CORNEILLE(de Lyon). Portrait d'un magistrat.

92. — MOREAU........... Intérieur de parc, avec
figures.

93. — SCHÉNEAU .... Jeune femme à sa toilette.

94. — CASQUEL........... Port de mer avec figures.

95. — JEAURAT .... Le Concert en famille.

96. — POELEMBURG ...... Tobie et l'Ange.

97. — ZACHT-LEVEN..... Vue des bords du Rhin.

98. — ZACHT-LEVEN..... Le pendant.

99. — PATEL............ Paysages avec ruines.

100. — LANTARA........ Environs de Versailles.

101. — LANTARA........ Le pendant.

102. — BREUGHEL........ Paysage avec figures.

103. — VERNET (G.)...... La Cascade.

104. — ÉCOLE FRANÇAISE. Saint Vincent de Paul.

105. — MEULEN (Van der).. Personnage à cheval,
époque Louis XIV.

106. — HUBERT-ROBERT. La Chute d'eau.

107. — HUBERT-ROBERT. Intérieur de palais.

108. — KESSEL (Van)...... Le Renard et la Cigogne;
cuivre.

109. — POL (Van) .... Fruits et fleurs.

110. — LINGELBAC......... Port de mer en Orient.

111. — PANINI............. Ruines et paysages. Beau
cadre noir, filets or.

112. — MOUCHERON (*d'après*). Petit paysage.

113. — BRUANDET........ Paysage.

114. — DUCHATEL (F.) (*signé*), élève de D. Téniers.
Le Tête-à-tête.

115. — CHALLE............ Femme tenant des ce-
rises dans la main.

116. — ROTTENHAMER... Diane chasseresse.

117. — DE V. (*1817*) (E. G.). Marine. Environs de Vil-
lefranche.

118. — COQUELIN........ La Visite.

119. — COQUELIN........ La Toilette.

120. — LAFOND (H.)...... Le Coucher.

121. — LAFOND (H.)...... Portrait de femme dans
un très-joli cadre.

122. — BREEMBERG (B.).. Paysage avec ruines:
cuivre.

123. — FRANCK.......... Présents à la Vierge:
cuivre.

124. — FRANCK.......... L'Adoration des mages.

125. — GARNERAY...... . Paysage.

126. — PAGÈS........... Marine, près Nice.

127. — PAGÈS........... Paysage avec nymphes.

128. — BREYDEL (LE CHEVALIER). Bataille.

129. — DONOT-GUILLOT.. Fleurs.

PARIS. — J. CLAYE, IMPRIMEUR, 7, RUE SAINT-BENOIT. — [350]

www.ingramcontent.com/pod-product-compliance
Lightning Source LLC
LaVergne TN
LVHW010226060726
842527LV00007B/2647